I0637373

LA
CARMÉLITE

COMÉDIE MUSICALE EN QUATRE ACTES

ET CINQ TABLEAUX

DE

M. CATULLE MENDÈS

MUSIQUE DE

M. REYNALDO HAHN

PRIX NET : **UN** FRANC

PARIS

AU MÉNESTREL, 2 bis, RUE VIVIENNE, HEUGEL ET Cⁱᵉ

ÉDITEURS-PROPRIÉTAIRES POUR TOUS PAYS

Tous droits de traduction, de reproduction et de représentation
réservés en tous pays
y compris la Suède, la Norvège et le Danemark,

1902

LA

CARMÉLITE

COMÉDIE MUSICALE EN QUATRE ACTES ET CINQ TABLEAUX

Représentée pour la première fois

SUR LE THÉATRE NATIONAL DE L'OPÉRA-COMIQUE,

le   décembre 1902,
sous la direction de M. ALBERT CARRÉ.

Il a été tiré de cet ouvrage
en format in-8º :

10 exemplaires numérotés sur papier du Japon ;
190 exemplaires numérotés sur papier vergé.

———

Pour traiter des représentations de *La Carmélite*, pour la location de la grande partition, des parties d'orchestre, des parties de chœurs, de la mise en scène, des dessins des costumes et des décors, s'adresser AU MÉNESTREL, 2 *bis*, rue Vivienne, HEUGEL ET Cⁱᵉ, seuls éditeurs-propriétaires pour tous pays.

———

Les représentations au piano sont formellement interdites.

———

———

IMPRIMERIE CHAIX, RUE BERGÈRE, 20, PARIS. — 21784-11-02. — (Encre Lorilleux).

N° 35 . *Exemplaire de M* *M. Henry Barbusse*

Catulle Mendès

A MONSIEUR ALBERT CARRÉ

Directeur du Théâtre National
de l'Opéra-Comique

MON CHER AMI,

On vous donne à mettre en scène une œuvre poétique, et, quand vous l'avez mise en scène, elle est encore poétique. C'est extraordinaire.

Votre bien reconnaissant,

CATULLE MENDÈS.

1ᵉʳ décembre 1902.

LA

CARMÉLITE

COMÉDIE MUSICALE EN QUATRE ACTES

ET CINQ TABLEAUX

DE

M. CATULLE MENDÈS

MUSIQUE DE

M. REYNALDO HAHN

PARIS

AU MÉNESTREL, 2 bis, RUE VIVIENNE, HEUGEL ET Cie

ÉDITEURS-PROPRIÉTAIRES POUR TOUS PAYS

1902

PERSONNAGES

LE ROI	MM. MURATORE.
L'ÉVÊQUE	DUFRANE.
LE COMTE	ALLARD.
LE DUC.	CAZENEUVE.
LE MARQUIS.	JAHN.
LE MUSICIEN.	CARBONNE.
LE POÈTE.	BOURBON.
LE MAITRE A DANSER. . . .	MESMAECKER.
LE SACRILÈGE.	HUBERDEAU.
PREMIER BOURGEOIS	DELAHAYE.
DEUXIÈME BOURGEOIS. . . .	BERNARD.
PREMIER SOLDAT.	BRÉARD.
DEUXIÈME SOLDAT.	BRUN.
MAITRE DE CÉRÉMONIES . .	ELOI.
LE LOUEUR DE CHAISES . . .	LAURENS.
LE CONCIERGE DU CHÂTEAU	THOY.
LOUISE.	MMᵉˢ EMMA CALVÉ.
LA REINE.	MARIÉ DE LISLE.
ARDÉLISE	GILLARD.
ATHÉNAÏS	SAUVAGET.
OLYMPE.	MARGYLL.
HÉLYS.	GOTTRAND.
ACTÉ.	DAFFETYE.
ÉGLÉ	A. COSTÈS.
EUDORÉE.	L. DELMAI.
LA SORCIÈRE	G. CORTEZ.
LA PRIEURE.	PERRET.
LA SOUS-PRIEURE	MULLER.
PREMIÈRE BOURGEOISE. . .	LUCIA.
DEUXIÈME BOURGEOISE. . .	LAURENS.
L'ÉCOLIER	GARCIA.
UN OFFICIER.	M. MONTAUBRY.

DAMES, GENTILSHOMMES, MUSICIENS, PAGES, FAUNES, SYL-
VAINS, ZÉPHYRS, NYMPHES DES BOCAGES, NYMPHES DES JAR-
DINS ET DES PRAIRIES, AMOURS, BACCHANTES, NYMPHES DES
MONTS, BERGÈRES, JEUX ET RIS, ET LES NONNES CARMÉLITES.

Opéra- Comique - 16 dec. 1902

LA CARMÉLITE

ACTE PREMIER

Premier Tableau.

C'est dans la plus belle salle du palais du roi, toute ors et peintures, ouverte sur un lointain très lumineux de bassins, de pelouses, de bocages.

Au fond passe une galerie, d'où descendent des escaliers de marbres rares aux rampes ajourées.

A droite, à gauche, de hautes portes entr'ouvertes, par où l'on voit d'autres salles non moins splendides.

A gauche (pour les Violons), une petite estrade très somptueusement décorée.

Au lever du rideau, LE MUSICIEN, assis devant un tout petit clavecin, dirige les Violons; LE POÈTE, sur les escaliers de marbres, fait évoluer, d'un geste qui obéit à la musique des Violons, des Nymphes, des Bergères, des Faunes, des Sylvains; LE MAITRE A DANSER règle, à droite, les pas des Jeux, des Ris, des Amours et des Zéphyres.

Pendant que jouent les violons :

LE MUSICIEN
Avec l'accent d'Italie

En mesure !

LE MAITRE A DANSER
Avancez le pied gauche !

LE MUSICIEN

Presto !

LE MAITRE A DANSER

Arrondissez les bras !

LE MUSICIEN
Doucereusement

Dièse !

LE POÈTE

N'êtes-vous pas les Ris ? Eh ! bien, troupe niaise...

LE MUSICIEN

Bémol !

LE MAITRE A DANSER

Riez !

LE MUSICIEN

Plus vite, alto !

LE MAITRE A DANSER
Aux nymphes des monts

L'air noble et gracieux ! à l'aise !

LE POÈTE
Aux nymphes des prairies

Marchez en soulevant les plis d'or du manteau !

LE MUSICIEN
S'interrompant, avec enthousiasme

Jamais la cour n'aura vu tel ballet encore !
S'adressant au poète, dans un grand salut :

Grace à vous, Apollon !

LE POÈTE

Au musicien

Orphée italien,

Grâce à vous !

LE MUSICIEN et LE POÈTE

Au maître à danser

Grâce à vous, enfant de Terpsichore !

Ils s'embrassent, attendris.

Cher danseur !

LE MAITRE A DANSER et LE MUSICIEN

Cher poète !

LE MAITRE A DANSER et LE POÈTE

Ah ! cher musicien !

LE MUSICIEN

Au poète, gracieusement

Les Nymphes des bois et de l'onde
Quittent source et forêt profonde
Pour voir le plus grand Roi du monde.

Quelle idée !

LE MAITRE A DANSER

Et quels vers !

LE POÈTE

Messieurs, vous me comblez !

Au Maître à danser :

Grâce aux pas inventés pour elles,
La Reine avec ses demoiselles
N'auront pas des pieds, mais des ailes.

Ah ! que d'art !

LE POÈTE

Et quels pas !

LE MAITRE A DANSER

Messieurs, vous m'accablez !

Au musicien :

Les airs sans fadeur ni stridence
Qui soupirent quand le Roi danse
Ont une divine cadence.

Ah ! que d'âme !

LE POÈTE

Et quels airs !

LE MUSICIEN

Avec une humilité éperdue

Messieurs, vous me troublez !

Il revient vers les Violons, qui se remettent à jouer, tandis que le Poète recommence
de faire répéter les Nymphes, et le Maître à danser les Jeux et les Ris.

LE MUSICIEN

Pendant la musique, à un violon, avec un peu d'irritation

Mio caro ! trop fort ! Caresse
La chanterelle !

LE MAITRE A DANSER

De méchante humeur

Qu'on se dresse

Sur les pointes !

LE POÈTE

Aux nymphes

Avec tendresse !

LES NYMPHES

Tandis que le maître à danser conduit les Jeux et les Ris

Pendant que la nymphe Echo
Amoureuse du prince
Narcissus...

Cela ne va plus. Le Poète frappe du pied.

LE MUSICIEN

Avec colère

Per Baccho !

En sourdine ! Ça grince !

Désordre. Tumulte. Cacophonie.

LE POÈTE

Assez ! tout s'en va de travers !

LE MUSICIEN

Je n'en peux plus !

LE MAITRE A DANSER

Qu'un autre y tienne !

LE POÈTE

Au musicien et au maître à danser

C'est votre faute !

LE MUSICIEN ET LE MAITRE A DANSER

C'est la tienne !

TOUS LES TROIS

C'est la tienne !

LE POÈTE ET LE MAITRE A DANSER

En haussant les épaules

Quels airs !

LE MUSICIEN ET LE POÈTE

Quels pas !

LE MAITRE A DANSER ET LE MUSICIEN

Quels vers !

Foin du poète somnifère !

LE POÈTE ET LE MAITRE A DANSER

Et du racleur de crin!

LE POÈTE ET LE MUSICIEN

Et des danseurs balourds!

LE POÈTE

Aux deux autres

Allez faire
Sauter les ours!

La querelle s'exaspère. Les Violons commencent à prendre parti pour le Musicien, les Jeux et les Ris pour le Maitre à danser, les Nymphes, les Bergères, les Bergers pour le Poète.

LE MUSICIEN

Imbécile!

LE POÈTE

Ignorant!

LE MAITRE A DANSER

Brute!

LE MUSICIEN

Petit génie!

LE POÈTE ET LES NYMPHES

Malhonnête!

LE MAITRE A DANSER, LES JEUX ET LES RIS

Insolent!

LE MUSICIEN ET LES VIOLONS

Assassin!

LE MAITRE A DANSER, LES JEUX ET LES RIS

Détrousseur!

Tous en viennent aux mains, ils se collètent, ils se bousculent.

LE POÈTE
Pendant un moment de bataille muette

Se pourra-t-il encor qu'après ceci l'on nie
Que les neuf Muses sont les filles d'Harmonie!

TOUS
En un hurlement unanime

Gredins!

UN PAGE
Sur la galerie

Le Roi, messieurs!
Immédiatement le calme se rétablit. Tout le monde s'est remis à sa place.

LE MUSICIEN
A tous, d'une voix caressante

Ensemble! Avec douceur!

LE ROI est jeune et rayonnant. Il est accompagné du COMTE, du DUC
et du MARQUIS

LE ROI
Avec une majestueuse familiarité

Qui donc ose
Parler si haut dans le palais?
Au poète, avec une tape sur la joue :
Toi, rimeur, tu te querellais?

LE POÈTE

Sire, vous seul en êtes cause!
Désignant le Maître à danser :
Il disait que de tous les Dieux
Celui qui vous ressemble mieux
C'est Mars au glorieux vacarme!

LA CARMÉLITE.

LE ROI
Très fier et très léger
Soit ! Il conquiert le monde et Vénus le désarme.

LE MUSICIEN
Je disais que de tous les dieux
Celui qui vous ressemble mieux
C'est l'Amour, charmant et suprême !

LE ROI
Non. L'Amour fait aimer. Mieux vaut aimer soi-même.
Au poète :
Et toi, que disais-tu ?

LE POÈTE
Un peu solennel
Je n'ai jamais flatté !
Je crois — sincère autant que le chêne à Dodone —
Que le frère divin de Votre Majesté
C'est (qu'Elle me pardonne)
Le Soleil !
Plein de terreur :
Vous ai-je insulté ?

LE ROI
Avec une juvénile magnificence
Poète ! j'aime ton mensonge !
Et je voudrais qu'il eût raison.
Hors de la nuit, splendeur plus belle que le songe,
Le soleil monte, et plane, et féconde, et prolonge
Ses bienfaits d'or plus loin que l'humaine prison ;
Et quand, vieilli, dans la mer pourpre il plonge,
Il semble encore un roi sublime à l'horizon !
Au musicien, au poète, au maître à danser, à toute la foule :
Allez. Nous essairons les danses tout à l'heure.

A ce moment, à droite, des valets, des pages, des caméristes commencent d'installer l'espèce de tente sous laquelle s'habilleront pour la répétition, les demoiselles et les dames d'honneur.

LE POÈTE

Incliné devant le comte

Monsieur le Comte fait Mercure.

LE DUC

Bas, au marquis

Juste emploi !

LE MAITRE A DANSER

En s'inclinant devant le marquis

Le Marquis, un Zéphyr qui les roses effleure !

LE MUSICIEN

En s'inclinant devant le duc.

Et le Duc un Sylvain.

TOUS TROIS

En s'inclinant devant le roi.

Et le Roi...

LE ROI

Interrompant

... fait le Roi !

Sortent le Poète, le Musicien, le Maitre à danser, dans un ressouvenir de leur querelle.
Déjà les rideaux de la tente sont tendus et cachent au roi et aux trois gentilshommes
le côté droit de la scène. — Pendant le dialogue suivant, pages, valets et caméristes
achèveront l'installation.

LE ROI

C'est là ?

LE COMTE

C'est derrière
Ce rideau...

LE MARQUIS

Fragile barrière...

LE DUC

Vain manteau...

LE COMTE

Que la troupe qui babille
Des plus belles de la cour,
Mûrissants charmes faits au tour
Ou gracilités de fille,
Pour l'essai du ballet charmant...

LE DUC

Imprudemment
S'habille et se déshabille.

LE ROI

On les verra ?

LÉ COMTE

Totalement.

L'espèce de loge-tente est presque entièrement préparée. Par une portière, d'abord
close, on pourra passer, de la tente, dans la salle. Mais, jusqu'à présent, la tente est
partout fermée.

LE MARQUIS

Et plus d'une sera peut-être reconnue
Par le roi, fût-elle un peu nue !

LE ROI

Au marquis, le doigt sur la bouche

Tais-toi !

Au comte:

Qui donc ?...

LE COMTE

Sire, il vous plaît
Que j'énumère?

LE ROI

Et sois complet.

LE COMTE

Ardélise avec Eudorée !

LE ROI

Volcan, et neige hyperborée.

LE COMTE

Eglé, grasse et sotte, qui rit !

LE ROI

Son embonpoint a de l'esprit.

LE COMTE

La très prude comtesse Olympe !

LE ROI

Sa maigreur mérite la guimpe.

LE COMTE

Acté, toute grâce et douceur !

LE ROI

Rousse !

LE COMTE

Non, blonde.

LE DUC
Bas, au marquis

C'est sa sœur.

2

LE COMTE

Hélys qui Vénus avoisine !

LE ROI

Noire !

LE COMTE

Non, brune.

LE DUC

Bas, au marquis

Sa cousine.

LE MARQUIS

Au roi

Et la marquise Athénaïs
Vers qui votre amour penche.

LE ROI

Un cœur féroce et d'or dans une splendeur blanche,
Comme une guêpe dans un lys !

LE DUC

Puis celle qui vint au Jeu de la Reine,
Hier, pour la première fois,
Une enfant de province, aimable et très sereine,
Qui baisse les yeux et la voix.

LE MARQUIS

Sa voix a la douceur qui tremble
D'une viole sous l'archet.

LE ROI

Je ne l'ai pas vue, il me semble ?

LE DUC

C'est qu'elle se cachait.

LE COMTE

Enfin toutes celles,
Dames, demoiselles,
Que, fleurs en un bouquet
Ou perles en un coffre,
La Reine, qui fait mal le guet,
Rassemble et vous offre.

LE ROI
En allant vers la tente

Bonne reine

UN PAGE
Sur la galerie, à gauche

Messieurs, la Reine!

LE ROI
Avec un dépit sans colère

En vérité
Elle prend mal son temps.
Il s'approche, monte quelques marches, s'incline.
Madame!

LES TROIS GENTILSHOMMES.

Majesté!

LA REINE s'est arrêtée. Elle est pâle, triste. Sa parure est mélancolique.

LE ROI
Un peu plaisamment, sans méchanceté

Quoi? Votre Sauvagerie
Daigne une fois sourire à nos amusements?

LA REINE

Sire, cette galerie
Mène de la chapelle à mes appartements.

Elle fait encore quelques pas, elle s'arrête, elle regarde le Roi en un chagrin résigné.

Hélas, je n'étais pas morose ;
Ma jeunesse en fleur riait autrefois ;
J'ai pris le deuil de cette rose
Qui se fane loin de vos doigts.

En souriant avec tristesse :

On est facilement charmante, étant charmée !
Et j'aurais aimé tout si vous m'aviez aimée.
Vous n'avez pas voulu
De ma joie, infidèle !
Et je suis telle
Qu'il vous a plu.

Elle suit son chemin.

LE ROI

Un peu confus

Mais vous viendrez, madame, essayer votre rôle :
Diane, l'arc d'or à l'épaule !

LA REINE

Très doucement, résolue

Non.

LE ROI

Que faites-vous donc, tout le jour, s'il vous plaît ?

LA REINE

Je lis, je prie ou rêve et dis mon chapelet.

La Reine s'éloigne lentement dans la douceur de la mélodie qui la suit et se meurt
au loin.

LE ROI

Un roi ne peut pas être amoureux de sa femme!
Elle est belle pourtant...

A ce moment, on entend du bruit et des rires derrière les rideaux de la tente.

Des pages et des caméristes écartent les rideaux de devant, de sorte que le public voit
l'intérieur de cette loge improvisée. Il y a des tables vêtues de dentelles, chargées de
verreries et de flacons d'argent et d'or, devant des miroirs qui s'inclinent, et un
désordre éclatant de costumes partout épars. — Mais, du côté des gentilshommes, tout
est clos.

Cependant, mi-vêtues, ou mi-dévêtues, les demoiselles et les dames apparaissent, l'une
après l'autre, plusieurs ensemble, dans des cris, dans des rires ; elles viennent par
la coulisse de droite, d'une grande porte.

LE COMTE

Venez, sire !

LE ROI

On voit ?

LE DUC

Non. La trame
Est trop épaisse.

LE MARQUIS

Et tout est clos.

LE COMTE

Mais on entend !

Tous les quatre, ils se penchent, écoutent, rôdent derrière la tente, s'écartent. Les
demoiselles entrent et sortent, vont et viennent, se déshabillent, se font vêtir, se
ont coiffer.

ARDÉLISE

Des roses ! des œillets ! des roses !
Des roses encor !

Nymphe à peine plus close entre les fleurs écloses
Je veux offrir au roi, non sans de tendres poses,
Des roses, des œillets, des roses
Dans l'osier léger de mes cheveux d'or !

ATHÉNAÏS

Des grappes de raisins ! Que le pampre retrousse
De son agrafe mon manteau !
Je suis l'Erigone rousse
Du coteau.

ACTÉ

Fais bouffer en brouillard la gaze violette.

HÉLYS

Ma branche de laurier !

ATHÉNAÏS

Mon thyrse !

ÉGLÉ

Ma houlette !

ATHÉNAÏS

Eh ! bien, la couronne !

ARDÉLISE

Quoi ?
Bacchante,
Une couronne pour toi ?

ATHÉNAÏS
Avec une humilité feinte :

D'acanthe !

LOUISE entre à son tour, en longue robe blanche, qui pourra devenir une tunique de déesse. Elle va modestement vers le fond. Elle tient un petit cahier à la main. Elle lit.

ATHÉNAÏS

Et vous, que ferez-vous, petite, dans le jeu ?

LOUISE

Très simple et très souriante

Je dois étudier tous les rôles. Si l'une
Manque, je serai là.

ATHÉNAÏS

Fonction bien commune.

LOUISE

C'est toujours assez bon pour moi, qui vaux si peu.

ACTÉ

A voix basse, près d'Ardélise

Te plaît-elle,
La nouvelle
Demoiselle
    D'honneur ?

ARDÉLISE

Elle boîte !

HÉLYS

Horreur !

ACTÉ

Regardant Louise

Elle plie,
Pâlie...

ARDÉLISE.

Pas jolie !

ATHÉNAÏS
Entre ses dents qui grincent

Erreur !
Trop jolie.

LE ROI

O rage de sentir si proches tant d'appas,
Épaules blanches, seins rosés, qu'on ne voit pas !

ARDÉLISE

Qu'il eut bon air, hier, à l'église,
    Le comte Clidamant !
Ce n'est pas qu'en son livre il lise
    Très dévotement.
Mais, on devine à la promesse
    D'un œil charmant,
Qu'Amour en son cœur dit la messe
    Divinement !
Et si jamais le sort m'amène
A lui jurer, quoiqu'inhumaine,
De l'aimer éternellement,
Je tiendrai bien ce grand serment
    Toute une semaine !

LE ROI
Au comte

Ah ! l'on vous aime !

LE COMTE

Apparemment !

ACTÉ

Le duc Argis m'enchante avec sa haute taille
Et son front de héros que balafre une entaille!
Mais, après la fierté, la douceur a son tour;
    Et c'est comme un jour de bataille
    Qui s'achève en un soir d'amour.

LE ROI

Au duc

On vous aime, pour la mitraille

EGLÉ.

Moi, mes vœux sont tout acquis
    Au plus joli des marquis!
Il danse, il chante, il rit, il saute, il pirouette,
    Fait des sonnets, parle toilette,
Et, fleurant l'ambre et la verveine, il est exquis
    Comme une cassolette!

LE ROI

Un peu piqué

C'est votre tour, marquis!

ATHÉNAÏS

A Louise, méchamment

Il en est un qu'à tous vous préférez sans doute.
Mais vous taisez son nom.

LOUISE

Moi! Le taire? Pourquoi?

Ardemment et simplement :

Le plus beau des seigneurs de la cour, c'est le Roi.

LES TROIS GENTILSHOMMES

Sire!...

LE ROI
Tendrement ému

Qui parle ainsi, sans savoir que j'écoute?

LOUISE
Avec une ardeur chaste et souriante, pendant que les demoiselles la regardent, ébahie

Dans mon pays, enfant encor,
Je vis, rêveuse à la fenêtre,
Un jeune homme venir dans une brume d'or,
Comme on verrait l'aurore naître.
On me dit : « C'est le Roi! » Je l'avais deviné
Tant il était de ciel et d'aube couronné!

LE ROI

O douce voix qui me pénètre!

LOUISE

Je l'ai revu, brillant comme un midi d'été,
En un faste auguste et superbe.
Entre les plus hautains il a la majesté
D'un grand lys parmi des brins d'herbe.
Rien n'est si gracieux que sa jeune fierté
Mais rien n'est si fier que sa grâce;
Et dans le lieu qu'il a quitté
On s'imagine encor qu'il passe,
Tant il nous laissa de clarté.

LE DUC
Au roi

Portrait flatteur!

LE MARQUIS

Mais non flatté.

LE ROI

Douceur des sincères louanges!

LOUISE

Seigneur des enfants et des anges,
Pardonnez-moi, Dieu de bonté!
Car souvent, aux heures bénies
Où chuchotent les litanies,
Entre les vitraux d'or traversés de ciel bleu,
A genoux parmi vos servantes,
Les mains jointes et très ferventes,
C'est à lui que j'ai dit : Mon Dieu !

LE ROI

Va, dévote, ton Dieu t'adore!

ATHÉNAÏS
A part

Péronnelle! Pécore!

Haut

Osez-vous bien d'un tel amour faire l'aveu?

LOUISE

Ce n'est pas de l'amour qui vers lui m'intéresse.

LE ROI

Ce sera de l'amour!

LOUISE

C'est le très doux tourment
De vivre ou de mourir en un rêve, humblement.
Et d'ailleurs, en serait-ce,
Mon honneur n'aurait pas lieu de s'en émouvoir;
Car, je prétends qu'on le retienne,
Je suis fille sage et chrétienne.
L'amour est sans remords quand il est sans espoir.

LE ROI

Près de déchirer les rideaux

Ah ! je veux...

LE COMTE

Attendez, sire !

Pendant ce temps, les cameristes détachent les lourdes torsades qui retiennent les rideaux fermés vers la gauche.

Elles vont paraître ;
Nous les ferons parler en passant...

LE MARQUIS

Et peut-être
Pourrons-nous, à la voix...

LE ROI

Merci !
Excellent conseil !

LE DUC

... Reconnaître...

LE ROI

Elles viennent. Sortez d'ici !

Penauds, les gentilshommes se retirent. — Ardélise paraît la première, sous le rideau soulevé.

LE ROI

Un peu à l'écart

Ardélise ! Elle est assez belle.

Il s'avance et la salue.

ARDÉLISE

Ah ! Sire, est-ce ainsi que vous surprenez !

Le roi écoute la voix, très avidement.

Plus que moi nulle n'a de zèle

Pour les plaisirs qui vous sont destinés.
Mais on a tout le temps...

Fort disposée à rester :

Et si vous l'ordonnez...

LE ROI

Non, non, allez, mademoiselle !

Pendant qu'elle s'éloigne :

Ce n'est pas elle !

Il voit venir et passer Olympe, Acté, Hélys.

Olympe ! trop maigre. Acté,
Front lacté,
Trop rousse ! Hélys, teint de lune,
Trop brune !
Les faire parler ? Quelque sot !
Voyez mon air si l'une
Était celle .. Restons dans le doute plutôt.

Elles ont passé. Voici Athénaïs.

Athénaïs ! Qu'elle est jolie
Avec son air d'orgueil, d'audace, et de folie !

Elle va droit à lui, effrontément.

ATHÉNAÏS

Suis-je pas, Sire, à votre goût ?
J'ai mis des grappes d'or partout
Pour donner soif à la vendange !
Celle-ci, tout près du sein, là...
Tenez, Sire, en échange
D'un ruban de ce falbala,
Je la donne !

Elle a voulu prendre le ruban.

LE ROI

Qui a bien écouté

Ce n'est pas elle !

Congédiant Athénaïs d'un geste :

Gardez-la.

*Athénaïs sort, violemment dépitée. — Louise s'avance, les regards fixes, comme
suivant un songe, sans rien voir.*

LA CARMÉLITE

LE ROI

Ah ! cette enfant à la démarche frêle
On dirait voir dans ses yeux un reflet
De ciel pâli, qui se plaint, et qui plaît !...
Sans doute la nouvelle
Demoiselle
D'honneur... Si c'était elle !

Il remonte. Son pas a fait du bruit. Louise tressaille, mais elle n'a pas vu le roi.

LOUISE

Je suis timide encor
Dans ces salles dorées.
Je me sentais si bien chez moi, parmi les prées,
Les bois frais, le silence étonné d'un essor
D'oiselet qui frôle une branche.
La brume blanche
Au sommet
Des collines était du rêve qui se penche
Vers sa terrestre sœur, mon âme, qui l'aimait !
Mais je n'étais pas triste et jouais familière
Avec les papillons dorés de la valière.
La cloche sonnait doucement,
Lentement,
Longuement,
Au clocher de l'église où vont les paysannes.
Sous la légèreté des encens diaphanes
Qui sont des bénédictions
Flottant sur l'autel des humbles Sions,
Je priais. Quelquefois je chantais un cantique,
Très puéril et très antique.
Un chant des enfants d'autrefois.
Je me souviens. Je me revois.

Mère ! Mère ! Très sainte mère !
Noire est la nuit, la mer amère,
Et tout le monde est orphelin.
Mais dans l'azur de votre lin...

Non. Pour notre Seigneur, j'ai quitté Notre-Dame.

Elle va vers le clavecin.

Les anciens poètes ont dit
Qu'une fleur qui fut une femme
Toujours se tourne vers la flamme
   De Phœbus qui resplendit.
D'une ardeur jamais ralentie
Elle adore le dieu vermeil !
Hélas ! le roi, c'est le soleil
   Et moi, je suis Clytie.

Elle tremble.

Pourvu que le soleil ne brûle pas la fleur !

Allons, il faut que j'étudie
   La comédie.
Chanter ! danser devant le roi,
Et de tous les regards de la cour menacée !
   C'est terrible, surtout pour moi
Qui traîne l'aile comme une oiselle blessée.

Elle feuillète le petit cahier.

Voyons d'abord
Diane.

Elle lit, en indiquant un pas, le cahier à la main :

   « Elle sort
Du bois qui dort
En écartant une liane... »

Louise met le petit cahier sur le clavecin, s'assied, lit, et joue, en chantant.

   « Sylvains bocagers
Nymphes bocagères,

Troupeaux légers,
Troupes légères,
Quittez en dansant ces beaux lieux !
Tel est l'ordre des Dieux.

Nymphes des monts noirs,
Faunes du val sombre,
Voix dans les soirs,
Flûtes de l'ombre,
Quittez en dansant ces beaux lieux... »

Elle cesse de jouer.

Je n'aime pas cet air-là...

Elle joue, à peine, l'air du cantique.

J'aimais mieux :
Mère ! Mère ! Très sainte mère !
Noire est la nuit, la mer amère...

Elle revient au rôle.

Mais non... « Tel est l'ordre des Dieux !
« Zéphyrs des jardins,
Nymphes des prairies... »

Malgré elle, ramenée au cantique par la musique même, un peu changée, du ballet

Noire est la nuit... « Souffles badins... »
Noire est la nuit... « Beautés fleuries,
Quittez en dansant ces beaux lieux,
En dansant... en dansant... »

Le cantique se reforme sous ses doigts Elle s'exalte et chante en jouant.

Mère ! Très sainte mère !
Noire est la nuit, la mer amère.
Et tout le monde est orphelin.
Mais dans l'azur de votre lin
Où chaque pli de grâce est plein,
Vous offrez un divin refuge
Au pêcheur, au coupable, au juge,
A tous ceux qui souffrent du mal
Malgré le pardon baptismal ;

Et par vous toute âme est guérie,
Marie,
Marie,
Prairie
Des agneaux
Fleurie
Aux bourreaux,
Marie,
Prairie
Fleurie,
Marie,
Prairie,
Patrie !

LE ROI

Oh ! douce voix, c'est vous ! Oh ! je vous reconnais !

LOUISE

Le Roi !

LE ROI

Je n'avais pas encor vécu ! Je nais !
Par ta sincère amour délivré des mensonges
J'ai la réalité plus belle que les songes.
Toi qui m'aimes, je t'aime, amour, beauté, vertu !

LOUISE

Moi ! je vous...

LE ROI

Ne dis pas non, — j'ai tout entendu !

Elle est à demi morte de peur, il se rapproche.

Pour être heureux il faut qu'on croie.
Plus d'une avait souri, menteuse, à mon désir.
Mais vous m'avez choisi, moi qui n'ai qu'à choisir,

3

Et celui qui n'était que le roi du plaisir
Devient le prince de la joie!

D'être adoré
Je vous adore,
Soleil doré
Par votre aurore!

Ne me refusez pas les yeux qui m'ont élu!
Ne me refusez pas le cœur qui m'a voulu!
Vous êtes la simple lumière
Dans l'éclat artificiel;
Votre voix est de la prière
Comme vos regards sont du ciel,
Et j'ai le paradis, surtout aux rois étrange,
D'être, ainsi que par une femme, aimé d'un ange!

Louise s'incline silencieusement.

LE ROI

Que faites-vous? Pourquoi vous incliner ainsi?

LOUISE

Sire, je m'agenouille, et je vous dis merci!

Gravement et doucement:

Il est bien vrai que je vous aime
Plus que la vaine vie et les cieux oubliés.
Pendant que vous parliez
J'ai connu le bonheur suprême;
Et mon éternité, si le ciel m'est clément,
Sera faite de ce moment.

Il n'est donc ici-bas plus rien que je désire,
Qu'une faveur...

LE ROI

Parlez vite ! Tout mon pouvoir...
Quelle faveur ?

LOUISE

Simplement

Le congé, sire,
De partir ce soir.

Le roi va se précipiter vers elle, mais dans un tumulte se ruent en scène, le Poète
les Nymphes, les Bergères, le Musicien, les violons, les Faunes, les Sylvains, le Maître
à danser, et les jeux et les ris, et tous les gentilshommes avec toutes les dames habillées
pour la répétition du ballet. Et, tandis que le roi remonte et que Louise s'écarte
vers la droite de la scène, d'où la tente a été enlevée par les pages et les valets — il ne
reste plus que quelques sièges, — le chœur éclate.

LE CHŒUR

Dames et gentilshommes,
Parés de satins et d'or radieux
Pour le plaisir du roi nous sommes
Des Déesses et des Dieux.

Parmi le chœur :

LE MUSICIEN

Tout est prêt ?

LE MAITRE A DANSER.

Les Amours ?

LES AMOURS

Nous voici !

LE POÈTE

La Bergère

Chantante ?

ACTÉ

En bergère.

Me voilà!

LE MAITRE A DANSER

Lès Ris!

LE MUSICIEN

Les Violons!

Emphatique, l'archet à la main :

Il me semble que je gère
Le Monde!

LE MAITRE A DANSER

Arrivez-donc, Zéphyres!

LE MARQUIS

En Zéphyre

Nous volons!

LE MUSICIEN

Devant l'estrade, l'archet levé

A vos places! Silence!
On commence.

Le rideau se ferme pendant que l'orchestre dans la salle commence de jouer le ballet.

Fin du premier tableau.

Deuxième Tableau,

LE BALLET DES NYMPHES

Après le prélude qui, sans interruption, a relié les deux tableaux, le rideau s'écarte. Même décor. Le spectateur n'aperçoit d'abord que les musiciens et quelques personnages entrevus aux coulisses. On a, aux escaliers de marbres, mis des ouvertures de bocages ou de grottes. — C'est d'abord l'entrée dansante et chantante des Bergers et des Bergères.

LES BERGÈRES

Ah! que les grands sont malheureux
Dans leurs riches demeures !
Ils ont la gloire et l'or pour enchanter les heures,
Mais nous, nous sommes amoureux.
Ah! que les grands sont malheureux !

ARDÉLISE
En bergère, pendant la figure des danses champêtres

Quel plaisir égale
Le plaisir d'ouïr, auprès du hameau,
Tircis dont le chalumeau
Alterne avec la cigale !

LES BERGERS ET LES BERGÈRES

Ah! que les grands sont malheureux
Dans leurs riches demeures !
Ils ont la gloire et l'or pour enchanter les heures,
Mais nous, nous sommes amoureux.
Ah! que les grands sont malheureux !

3

ÉGLÉ

En bergère

Dans cette forêt obscure
Qui s'approche?

LES BERGERS ET LES BERGÈRES

C'est Mercure!

LE POÈTE

Se montrant à une coulisse, au comte

A vous, comte!

LE COMTE

En Mercure

Dans l'univers entier,
J'ai fait plus d'un métier
Pour servir la troupe immortelle;
Chez maint seigneur, chez mainte belle,
Mercure a fait parler de lui;
Mais c'est aux bergers aujourd'hui
Qu'il apporte une nouvelle.

LES BERGERS ET LES BERGÈRES

Une nouvelle?
Laquelle?

D'AUTRES

Une nouvelle?
Laquelle?

LE COMTE

Mille nymphes, ayant ouï
Que tout le monde est ébloui
D'un monarque adorable aux vertus non pareilles,

Quittent leurs amants
Les plus charmants
Pour voir ce parangon de toutes les merveilles.

LE POÈTE

Au comte

Ah! monsieur, tous mes compliments!

Entrée dansante et chantante des Faunes et des Nymphes des monts.

LES FAUNES

Vieux satyres, petits faunes,

LES NYMPHES

Nymphes des lacs voilés d'aunes,

LES FAUNES

Nous flûtons,

LES NYMPHES

Nous sautons.

LES FAUNES

Que le jour fuie...

LES NYMPHES

Ou s'approche...

LES FAUNES

Dans la grotte...

LES NYMPHES

Sur la roche,
Tandis que la nymphe Echo
Amoureuse du prince
Narcissus, pleuré jusqu'au
Matin...

LES FAUNES

... qui nous évince,

LES NYMPHES

Nymphes des lacs voilés d'aunes,

LES FAUNES

Vieux satyres, petits faunes,

LES NYMPHES

Nous sautons !

LES FAUNES

Nous flûtons !

ACTÉ
En nymphe Écho

Non ! je n'aime plus Narcissus !
Mes vœux en furent trop déçus.
Mais je cherche, brûlant d'une ardeur sans seconde,
Le plus beau roi du monde.
Où donc est-il ? où donc, le plus beau roi du monde ?

LES BERGÈRES

Où donc ? nous le savons bien !
Mais nous n'en dirons rien.
Où donc ? Nous le savons bien !
Mais nous n'en dirons rien.
Ah ! Ah ! Ah ! nous n'en dirons rien !
Rien !
Rien !
Rien !

LE DUC
En Sylvain

Je vois les Nymphes des prairies !

ARDÉLISE

Nymphe des jardins, au milieu de l'entrée dansante des Nymphes des jardins et des prairies

Est-il plus loin ? Est-il ici ?
Je viens sous des roses fleuries,
        Fleurie aussi,
Chercher le roi dont j'ai souci.
Aura-t-il bien la barbarie
De me fuir quand je suis, ainsi
Que mes plus belles fleurs, fleurie ? .
Est-il plus loin ? Est-il ici ?
Ah ! dites-le moi, je vous prie.

LES BERGÈRES

Nous le savons bien !
Mais nous n'en dirons rien.

Entrée furieuse d'Ægipans ivres et de Corybantes.

AEGIPANS ET CORYBANTES

Hurlants et dansants

Le front ceint de pourpre et d'orange
        Dansons dans le soir,
Tout sanglants de la rouge fange
        Qui sort du pressoir.

ATHÉNAÏS

En Bacchante, parmi les Ægipans

Sous le pampre et la frange
Des grappes au sang noir
Je viens avec des fureurs de vendange
Vers le roi que j'aime et que je veux voir !
— Où donc est-il ?

LES BERGÈRES

Nous le savons bien !
Mais nous n'en dirons rien.

Ah ! Ah ! Ah ! Nous n'en dirons rien !
Rien !
Rien !
Rien !

TOUTES LES NYMPHES

Mes sœurs ! Mes sœurs ! trouvons le roi qu'on nous dérobe !
— Mais qui vient là,
L'arc à la main, avec des astres dans sa robe ?

LE DUC
En Sylvain

C'est Diane dont l'arc dans l'ombre étincela !

Tout s'arrête, quelqu'un a manqué son entrée.

LE MUSICIEN
S'arrachant les cheveux

Eh bien ! Qu'arrive-t-il ? Qu'est-ce ? Quoi donc ? du zèle !

Le roi descend et s'approche de la coulisse à droite.

LE ROI
A tous

La reine ne vient pas.

à Louise :

Allez, mademoiselle.

Pendant que Louise hésite dans la musique interrompue, une cameriste lui met un arc
d'or dans la main, un carquois à l'épaule, le croissant au front. Elle s'incline, elle
consent, elle s'avance. La musique reprend.

LOUISE
En Diane, le rôle à la main

Sylvains bocagers,
Nymphes bocagères,
Troupeaux légers,
Troupes légères,

Quittez en dansant ces beaux lieux !
Tel est l'ordre des dieux.

Les Sylvains et les Nymphes des bocages veulent résister, mais les bergères les
repoussent en dansant et en chantant.

LES BERGÈRES

Quittez ! Quittez, troupe importune,
Car la Reine Diane aux voiles argentés
Seule verra sous les silences de la lune
Le roi de ces bords enchantés.
Quittez ! Quittez !

LOUISE
En Diane

Nymphes des monts noirs,
Faunes du val sombre
Voix dans les soirs,
Flûtes de l'ombre,
Quittez en dansant ces beaux lieux
Tel est l'ordre des dieux.

LES BERGÈRES

Quittez ! quittez, troupe importune
Ces bords enchantés
Par les silences de la lune,
Quittez ! Quittez !

LOUISE
En Diane

Zéphyrs des jardins,
Nymphes des prairies,
Souffles badins,
Beautés fleuries,
Quittez en dansant ces beaux lieux !
Tel est l'ordre des Dieux.

LES BERGÈRES

Quittez ! quittez, troupe importune,
Ces bords enchantés
Par les silences de la lune.
Quittez ! Quittez !

Tous les groupes sont immobiles sous les menaces gaies des bergères et le geste divin de Diane. — La musique s'adoucit infiniment.

LE MUSICIEN

Lento ! dolce ! qu'on croie entendre
La lune !

LE POÈTE
Au roi

Sire, à vous !

LE MUSICIEN

Pâme-toi, bémol tendre !

Le roi s'avance et chante, le rôle à la main.

LÉ ROI
A Louise-Diane

« Sommes-nous pas trop heureux,
» O Nymphe, que vous en semble ?
» Nous voilà tous deux ensemble
» Et nous nous parlons tous deux.
» La nuit de ses sombres voiles
» Couvre mes désirs ardents ;
» Et l'amour et les étoiles
» Sont nos secrets confidents.

» Mon cœur est sous votre loi
» Et n'en peut aimer une autre ;
» Laissez-moi voir dans le vôtre
» Ce qui s'y passe pour moi.
» La nuit est calme et profonde,
» Nul ne vient mal à propos ;
» Le repos de tout le monde
» Assure notre repos. »

LOUISE

En Diane, le rôle à la main

Ah ! Seigneur, que votre tendresse
Me cause de l'effroi !
Et qu'il sert peu d'être déesse
Auprès d'un si grand roi.
Je dois vous fuir...

LE MUSICIEN

Aux violons

Plus doux encor !

LE ROI

Avec une passion furieuse, en jetant le rôle

Non, reste ! reste !

LE MUSICIEN et TOUT LE MONDE

Que dit-il ?

LE POÈTE

Ce n'est plus le rôle !

LE ROI

Enfant céleste !
Tout mon cœur dans mes yeux monte et s'embrase aux tiens !
Ah ! farouche ou docile
Je te veux et tu m'appartiens !

Il la saisit, elle défaille.

LE MUSICIEN

Mais, sire !

LOUISE

Je me meurs !

LE COMTE

Au musicien, pendant que le roi, le duc et le marquis soutiennent Louise
vers un fauteuil à droite

Continue, imbécile !

LE MUSICIEN

Après un instant d'ahurissement, comprenant enfin

Au final, tous!

Il bat la mesure. — Le ballet reprend dans un ensemble où tous les groupes se mêlent

TOUS

Fuyez, pudeurs! fuyez, prudences!
Et fêtons en ce beau jour
Par des chansons et des danses
Le triomphe de l'Amour!

Le roi est agenouillé devant Louise, tandis qu'Athénaïs, jalouse, se rapproche et regarde.

LE ROI

Pendant les danses muettes

Comme elle èst pâle! — Mais son œil se rouvre, et semble
Un aveu qui tremble
Dans les pleurs.

Louise se soulève et voit le roi à ses pieds.

LOUISE

Ardente, chaste, effarée

Préservez-moi, mon Dieu, des coupables bonheurs!

Elle retombe.

LE ROI

Éperdument

Ah! Je t'aime!

LE BALLET CHANTANT

Fuyez, pudeurs! Fuyez, prudences!
Et fêtons en ce beau jour
Par des chansons et des danses
Le triomphe de l'Amour!

Le rideau baisse.

Fin du deuxième tableau.

ACTE DEUXIÈME

Troisième Tableau.

Au fond, en face du spectateur, dans un avancement de palais, une vaste fenêtre. — Au fond, à droite, une étroite grille qui s'ouvre sur un pont au delà duquel on aperçoit la ville et le peuple. — Le pont est légèrement en biais.

A gauche, au premier plan, un pavillon, dépendance du château ; on n'en voit que la porte basse, mystérieuse sous des grimpaisons de fleurs. Plus haut, du même côté, des arbres entre lesquels ou aperçoit la profondeur des jardins, avec des bassins et des statues.

A droite, au premier plan, au delà d'une naïade de marbre, penchant son urne, commence une allée plutôt devinée que visible ; un banc circulaire devant la naïade. Du même côté, plus haut, l'entrée de la chapelle royale.

Partout, tant d'arbustes, de groupes mythologiques et de fleurs, que tout ce qui est bâtisse se fond, disparaît presque dans un enchantement mysté-rieux, comme de bois sacré.

C'est un peu avant le soir. — L'ombre se fera, insensiblement, dès après les premières paroles de l'Evêque à Louise.

Au lever du rideau, une foule populaire et bourgeoise se presse vers l'en-trée de la chapelle, d'où sort, atténuée, la musique de l'orgue. — Liturgie de Carême. Sur la plus haute marche, devant la chapelle, un maître des cérémonies, somptueux, la hallebarde à la main à droite et à gauche, des soldats royaux, qui repoussent la foule.

Laid, chafouin, sordide, furtif, un homme à l'air d'ancien prêtre (c'est le Sacrilège) se tient, mi-caché, près de la naïade, à l'entrée de l'allée. Pendant le chant de l'orgue et les psalmodies :

LA POPULACE

Place !

LES BOURGEOIS

Place !

DES ÉCOLIERS

Poussez !

DES ENFANTS

Hardi !

UN BOURGEOIS

La porte est close ?

UN AUTRE BOURGEOIS

Ouverte.

DES FEMMES

En se frappant la poitrine

C'est l'Agnus.

UN LOUEUR DE CHAISES

Qui veut d'un escabeau ?

UN ÉCOLIER

Grimpé au mur du pavillon

Oh ! que c'est beau.

LA FOULE

Tu vois quelque chose ?

PREMIER BOURGEOIS

L'autel?

DEUXIÈME BOURGEOIS

Le roi ?

UNE FEMME

La reine ?

UNE AUTRE FEMME

Ou le divin Tombeau ?

L'ÉCOLIER

Non. Rien du tout. Mais je suppose.

TOUTE LA FOULE

Suppliante, vers le maître des cérémonies

Laissez-nous voir !

LES SOLDATS

Arrière ! ou des trous à la peau !

LE SACRILÈGE

Oui, va, quête, mendie
Ta part du saint spectacle et de la psalmodie,
Peuple content de peu !
Car le roi le plus charitable,
Comme il laisse à ta faim les miettes de sa table,
Ne permet à ta Foi que ses restes de dieu !

Survient, d'entre la foule, la sorcière. Elle est courte, grasse, rougeaude, avec on ne
sait quoi de mâle et de forain, presque moustachue, l'œil pétillant. — Costume de
bourgeoise, avec quelques singularités vives, comme de gitane. — Elle va droit au
Sacrilège.

LE SACRILÈGE

Ah ! te voilà ?

4

LA SORCIÈRE

Chut !

LE SACRILÈGE
A voix basse

La marquise ?

LA SORCIÈRE
De même

Folle d'épouvante, et conquise !

LE SACRILÈGE

Elle est venue ?

LA SORCIÈRE

Avec Acté.

LE SACRILÈGE

Celle qui pleura, l'autre été,
Son mari mort d'un coup de foudre
A la chasse, bien que le ciel
Fût bleu comme un ciel de missel ?

LA SORCIÈRE
Riant un peu.

Silence ! On t'a payé ta poudre.

LE MAITRE DES CÉRÉMONIES

A genoux, tous !

Tout le monde obéit. — La sorcière et le sacrilège continuent de bavarder à genoux
après s'être signés. — L'orgue n'a pas cessé de chanter.

LE SACRILÈGE

Donc, la marquise ?

LA SORCIÈRE

Elle a tout cru,
Astaroth, le Moine bourru

Qui passe en un bruit de ferrailles,
L'avenir lu dans les entrailles
D'une colombe et d'un hibou
A qui j'avais tordu le cou,
Les tarots, les destins insignes
Que les mains portent dans leurs lignes,
L'acier où l'on voit s'éclaircir
Des traits adorés, l'élixir
Qui fera, versé goutte à goutte,
Qu'un grand roi vous aime...

LE SACRILÈGE

Et qui coûte?

LA SORCIÈRE

L'élixir de fiel et de nard...

LE SACRILÈGE

Et qui coûte?...

LA SORCIÈRE
En lui donnant une bourse

Voici ta part.

LE SACRILÈGE

Combien me voles-tu?

LA SORCIÈRE

Vingt livres.

LE SACRILÈGE

Ce beau trait vivra dans les livres!

LE MAITRE DES CÉRÉMONIES

Levez-vous!

Tout le monde obéit. Les deux complices falots continuent de se faire des confidences, assis sous la naïade pendant que la foule (en murmurant : « c'est le sermon! c'est le sermon! ») se tasse le plus qu'elle peut vers la chapelle avec l'air d'écouter quelqu'un qui parlerait à l'intérieur.

LE SACRILÈGE

Quant au... reste?

LA SORCIÈRE

Elle hésite.

LE SACRILÈGE

Comment?

Elle a pitié de sa rivale?

LA SORCIÈRE

Nullement.

LE SACRILÈGE

Elle regarde à la dépense?
Une Messe Noire, je pense,
Selon le rite assyrien,
Bien troussée, où ne cloche rien,
Avec deux boucs ornés d'étoles,
Vaut bien sept à huit cents pistoles!
On a des frais.

LA SORCIÈRE

Exorbitants.
L'enfant qu'il faut, depuis un temps,
C'est deux écus!

LE SACRILÈGE

Et, dans ton compte?

LA SORCIÈRE

Deux cents.

LE SACRILÈGE

Pas plus? N'as-tu pas honte?
Un enfant vivant! bien entier!
Pas juif? Tu gâtes le métier.
Et la marquise hésite!...

LA SORCIÈRE

A peine.
Seul un doute retient sa haine.
Il est vrai que, depuis trois mois,
Fuites, retours, rougeurs, émois,
Rendez-vous sous l'arbre nocturne
Dans cette allée où la nymphe penche son urne,
La petite et le roi se font
Des promesses d'amour profond.
Mais, la faute irrémédiable,
Nul n'en est sûr.

LE SACRILÈGE

Hormis le diable.

LA SORCIÈRE

Louise a fui dans un couvent!

LE SACRILÈGE

Louis l'a rattrapée, avant.

LA SORCIÈRE

Elle a rejoint, pas profanée,
Sa mère!

LE SACRILÈGE

Qui l'a ramenée.

LA SORCIÈRE

Tu ne crois pas à la vertu!

LE SACRILÈGE

Et toi, quelle preuve en as-tu?

LA SORCIÈRE

Une excellente! Mon exemple.
Tu ris?

LE SACRILÈGE

Non pas. Je te contemple

LA SORCIÈRE

Pendant qu'un remuement se produit dans la foule.

D'ailleurs...

LE SACRILÈGE

D'ailleurs?

LA FOULE

Silence! Écoutez! Écoutez!

L'ÉCOLIER

On entend mal le prêtre.

UNE FEMME

Il est jeune!

UN BOURGEOIS

Tout blême.

UNE FEMME

L'air d'un saint

LE DEUXIÈME BOURGEOIS

Qui donc prêche aujourd'hui le Carême?

LA FEMME

C'est un nouvel évêque aux sermons redoutés

LE SACRILÈGE
qui écoute aussi :

Il prêche assez bien, mon confrère.
A la sorcière, très bas :

D'ailleurs?...

LA SORCIÈRE

Athénaïs, en sortant du sermon
Montrera s'il faut dire ou non...

LE SACRILÈGE

La Messe noire?

LA SORCIÈRE

Et funéraire.
Tandis que la foule, plus penchée, s'efforce toujours d'entendre la voix de l'évêque

LE SACRILÈGE
Qui écoute encore

Gageons que pendant ce couplet
Le roi, fort ému par l'apôtre,
Pleure d'un œil et rit de l'autre
A la mignonne qui lui plaît.

LA SORCIÈRE

Et la pauvre petite pleure
Et n'ose pas lever le front...

LE SACRILÈGE

Larmes pour Dieu, que tout à l'heure
Les baisers du diable essuîront!
L'orgue éclate furieusement en un chant de gloire, majestueux et toujours
grandissant.

LA FOULE

On sort !

QUELQUES-UNS

Toute la cour !

LES SOLDATS

Partez !

LES HOMMES

Le roi !

LES FEMMES

La reine !

QUELQUES-UNES

O robes d'or !

D'AUTRES

Habits de velours et d'orfroi !

UNE JEUNE BOURGEOISE
Voyant venir le roi

Qu'il est splendide et fier !

UN ÉCOLIER
Voyant venir la reine

Qu'elle est pâle et sereine !

TOUTE LA FOULE
Refoulée sur le pont

Vive le roi !

LES SOLDATS

Partez !

D'AUTRES SOLDATS

Partez !

TOUTE LA FOULE
Derrière la grille refermée

Vive le roi !

Alors, c'est l'orchestre qui profère magnifiquement, joint à l'orgue, la Marche royale, la Marche du Triomphe Solaire, et toute la cour descend cérémoniellement les marches de la chapelle, commence de traverser la scène dans la direction du palais, non sans une courbe vers le premier plan. Le Roi donne la main à la Reine, puis ce sont, derrière lui, les principaux de la cour, et, derrière elle, les dames, les demoiselles d'honneur. Très en évidence, la marquise Athénaïs ; essayant de se dérober Louise qui pleure sans doute, un mouchoir aux yeux. Comme passe la Marquise :

LA SORCIÈRE

Eh bien ?

LA MARQUISE

Restez cachés, là, dans l'allée obscure.

La Sorcière et le Sacrilège s'éloignent furtivement. Le cortège se développe dans la magnificence de l'orchestre, que traversent les cris de la foule « Vive le roi ! Vive le roi ! » Comme il arrive devant la porte du palais, le comte Clidamant sort du pavillon et s'approche du roi.

LE COMTE
Très bas, au roi, en montrant le pavillon d'où il sort

C'est la porte, et voici la clé.

LE ROI

Merci, Mercure.

Cependant tout le cortège par un demi-mouvement tournant, se trouve en face de l'évêque, qui descend de la chapelle ; des prêtres l'ont suivi, s'arrêtent sur le seuil l'orchestre se tait ; l'orgue seul encense l'évêque. — Il s'avance, il bénit tour à tour le roi, avec respect, la reine, avec une vénération miséricordieuse, et tous les assistants, hormis la marquise Athénaïs. Il a longtemps laissé sa main sur le front de Louise qui n'a pas ôté le mouchoir de ses yeux. — Il se retourne vers les prêtres qui le saluent, et monte lentement vers le pont-levis, d'où la foule a été écartée, pendant que le roi et les gentilshommes, après avoir salué la reine et les dames, s'éloignent vers le lointain des jardins. Les dames entrent dans le palais, selon le rang de l'étiquette. Mais Athénaïs, comme si elle s'était attardée exprès, oblige Louise à rester la dernière. — Alors s'éteint la musique de l'orgue, où s'est, un instant, vers la fin, très doucement, mêlé l'orchestre... Et c'est la mélancolie d'un achèvement. L'évêque redescend vers Louise et lui fait signe. — La nuit vient peu à peu.

L'ÉVÊQUE

Restez, et gardez bien ce que je vous dirai.

Elle s'incline, frémissante.

Mais ne me craignez pas, car vous avez pleuré.

Pauvre petite Madeleine
Peut-être encore sans péchés !
Tels que les bords de la fontaine
Vos yeux ne seront pas séchés.

Combien de crimes sur la route
Où le démon vous engagea !
Mais vous pourrez en être absoute
Puisque vous en souffrez déjà.

Au coupable amour qui vous gagne
La douleur tient d'un sûr chaînon ;
Vous aurez la bonne compagne
Avec le mauvais compagnon.

Vous expîrez tous vos bonheurs par leur misère !
Et Dieu, qui sait ce qu'il voulut,
Vous fera, tendre cœur sincère,
De vos fautes la voie amère du salut.

Mais il est un anathème
De qui ne pourrait pas vous sauver elle-même
La Miséricorde suprême !

Une femme, souvent, qui ne dort pas la nuit,
Pour contempler le ciel ouvre cette fenêtre.
La Reine douloureuse apporte au Divin Maître
Les mérites saignants de son bonheur détruit.

Pécheresse ! garde-toi d'être
Pour cette reine, pour cette sainte, un affront ;
Car Jésus, agneau victimaire,
Te marquerait d'un signe impitoyable et prompt,
Comme si, dans la nef, tu jetais à sa mère
De la boue au front !

LOUISE

Qui tombe à genoux, écrasée

Monseigneur !

L'ÉVÊQUE

Souviens-toi.

Près de sortir :

Pleurs, cris, ta chair offerte
Par lambeaux, le cilice et la haire qui mord,
Rien n'empêcherait plus ton éternelle perte !
Et la paix du cloître, certe,
Qui du vivant repos mène à la bonne mort
Pour tous les repentirs ouverte
Resterait close à ton remord.

Il s'éloigne dans la nuit tout à fait venue. Un garde a ouvert et refermé la grille. L'évêque va vers sa chaise à porteurs, de l'autre côté du pont. — Louise, qui s'est relevée en chancelant, dans l'ombre, se précipite comme folle, vers la chapelle.

LOUISE

Avec une ardeur haletante

Mon Dieu ! Vous qui savez mon âme torturée
Entre l'amour humain et la ferveur sacrée,
Au secours ! Prenez tout mon cœur ! Guidez mes pas !
Faites-moi fuir !

Le roi est revenu, il s'approche sous le ciel qui s'éclaire vaguement d'étoile

LE ROI

Louise !

LOUISE
Avec la même ardeur, vers le roi

Ah! je ne fuirai pas

Un irrésistible mystère
Vers vous m'appela,
Et je ne sais plus rien du ciel ni de la terre
Quand vous êtes là!

O délice douloureuse!
Délicieuses douleurs!
Je suis heureuse
Avec des pleurs.

LE ROI

Que ce soient des larmes de joie!

LOUISE

Mon cœur est une aile qui ploie
Et se laisse, en tremblant, saisir...

LE ROI

Par ce fier chasseur : mon désir!

LOUISE

Oh! qu'il épargne la pauvre aile!

LE ROI

Il se fera tendre pour vous.

LOUISE

Elle est si frêle !

LE ROI

Il sera doux.

Elle s'est laissée tomber sur le siège circulaire, devant la naïade ; et le roi est à genoux

LOUISE

O délice douloureuse!
Délicieuses douleurs!
Je suis heureuse
Avec des pleurs.

LE ROI

Ne t'alarme point, peureuse!
Il est de doux oiseleurs.
Ma lèvre heureuse
Boira tes pleurs.

LOUISE

Au moins, le savez-vous que c'est vous seul que j'aime,
Non le prince?

LE ROI

Souriant

J'aurais dû, par un stratagème,
Me montrer comme un gueux sans nom et sans arroi.
Auriez-vous dit tout de même:
« C'est le roi? »

LOUISE

Peut-être non... Mais j'aurais dit: c'est toi!
Elle se lève, elle veut fuir, honteuse.
Oh! pardon, sire!

LE ROI

« Sire! » Est-ce ainsi qu'on me nomme?
Vous disiez mieux auparavant.

LOUISE

Hélas! que n'êtes-vous un pauvre gentilhomme!
J'ai fait ce rêve bien souvent:

C'est dans un très humble domaine
Où l'on vit de peu ;
Un vieux château, des bois où seul un sentier mène,
Et la chapelle de Dieu.

Nous vivons là, bien seuls, en un bonheur sans fraude ;
L'oiseau chante pour nous ; la fleur aime à nous voir ;
Et, sous la lampe, après le bon repas du soir,
Vous lisez, et moi je ravaude.

Comme on se quitte rarement,
L'heure qui suit l'heure est charmante
Pour moi jamais moins aimante
Pour vous toujours plus aimant.

Même aux instants moins doux que l'un sans l'autre on passe
On reste ensemble par l'espoir de se revoir...
Lorsque vous partez pour la chasse,
Je vais du cellier au lavoir,

Et, bientôt, à travers la plaine,
Vers le seuil où revient toujours votre chemin
Vous faites signe de la main
A la petite châtelaine !

LE ROI

Ciel ! Equitable ciel ! Frappe-moi sans merci
Si jamais j'aime moins le cœur qui m'aime ainsi !

LOUISE

Oh ! rétractez ce vœu ! sinon pour vous, pour celle
De qui votre bonheur est l'unique trésor ;
Et si vous m'êtes infidèle
Soyez, du moins, heureux encor !

LE ROI

Cœur tout parfait! cœur adorable!
Mais justement par son excès
Ton pur amour te fait encor plus désirable!
Et j'ai trop de bonheur pour en avoir assez.
Ange! je t'aime tant, que je t'adore, femme!
Je veux tes lèvres en prière et tes cheveux
Divins comme un encens fait de rêve et de vœux,
Et le ciel de tes yeux où se lève ton âme!
      Ne sens-tu pas un feu vainqueur
      Monter de mes mains à ton cœur?
      Ne sens-tu pas, en vain farouche,
      Que mon souffle exige ta bouche?
      Que jamais tu ne dénoûras
      L'étreinte ardente de mes bras
      Et que je suis de ton cher être
      Tant l'esclave que j'en suis maître!

LOUISE

Résistant à peine

      Ah! que ma force vaut peu
      Et que ma faiblesse est forte!

LE ROI

      N'est-ce pas qu'un souffle de feu
      Nous environne et nous emporte?
      N'est-ce pas que l'amour est dieu
      Et qu'il brûle des mêmes fièvres
      Nos cœurs, nos mains, nos yeux, nos lèvres,
      Et que mes désirs sont les tiens,
      Et qu'à jamais tu m'appartiens,
      Et que je suis de ton cher être
      Tant l'esclave que j'en suis maître?

Mais pourquoi pleures-tu, fille aux yeux adorés?

LOUISE

Parce que je sais bien que vous triompherez.

LE ROI

Suis-moi, l'heure est propice et la retraite est sûre ;
Nul ne saura l'hymen constant que je te jure.

Il l'entraîne

LOUISE

Qui ne résiste plus

Ah ! que ma force vaut peu
Et que ma faiblesse est forte !

Mais, à ce moment, la fenêtre du palais s'est ouverte, et une lumière blanche, qui
semble émaner de la Reine toute blanche, et debout, traverse d'en haut la scène
et se prolonge entre les deux amants qui se disjoignent.

LOUISE

Se rejetant en arrière, dans l'ombre

C'est la reine !

LE ROI

Avec le même mouvement de recul de l'autre côté du rayon

La reine !

Il hésite et s'attendrit.

O pauvre âme !

Passionnément, à Louise :

N'importe !

Suis-moi !

LOUISE

Non ! Adieu !
C'est un signe du ciel qui barre
La route et nous sépare...

LE ROI

Tu me suivras !

LOUISE

A deux genoux

Marie !

Marie !

LE ROI

Viens ! Viens !

LOUISE

Prairie

Fleurie,

Marie!

LE ROI

Viens

LOUISE

Marie !

Prairie !

LE ROI

Viens J'ordonne et je veux !

LOUISE

Marie!

Marie !

Patrie !

LE ROI

Suppliant

Non ! Je t'adore et prie !

LA CARMÉLITE.

LOUISE

Hélas ! Me voici !

Il l'emporte. Elle a traversé le rayon qui descend de la fenêtre de la Reine, — Athénaïs
est entrée depuis un instant. Elle a tout vu.
Sont apparus en même temps, sortant de l'allée, la sorcière et le sacrilège.

ATHÉNAIS

Vers eux.

Achevez tout !

LE SACRILÈGE

Merci.

Le Roi disparaît avec Louise, dans le pavillon sous les regards haineux d'Athénaïs.
La Reine Douloureuse est toute blanche à la fenêtre.

Le rideau baisse.

ACTE TROISIÈME

Quatrième Tableau.

Une salle dans l'appartement des Dames et des Demoiselles. Au fond, une galerie avec trois baies, très larges A gauche et à droite des portes régulièrement inégales, qui sont celles des chambres des dames ou des demoiselles. A gauche, une grande fenêtre.

Sur le devant du théâtre, à droite, une table à jeu ; à gauche une table avec des miroirs, des flacons.

ARDÉLISE, ACTÉ, OLYMPE, ÉGLÉ

vont jouer aux cartes.

ARDÉLISE

Au brelan !

ACTÉ

Non !

OLYMPE

Au reversi !

Elle bat les cartes.

Sait-on pour qui le roi, ce soir, donne une fête ?

Le jeu commence.

Pour Louise ?

ÉGLÉ

Je passe.

ARDÉLISE

As-tu perdu la tête ?

ACTÉ

Dors-tu depuis deux ans ?

OLYMPE

J'arrive de retraite.

ÉGLÉ.

Quinola !

OLYMPE

Vous trichez.

ARDÉLISE

Tout en jouant, à Olympe

Voici
La chanson qu'on a faite :

Louison la pauvrette
S'en va sur son déclin ;
C'est par manière honnête
Que le roi suit son train.
Marquise prend sa place.
Il faut que tout y passe,
Ainsi, de main en main.

Entrent par le fond le Marquis, le Comte et le Duc, en une exubérance joyeuse
de costumes et de gestes.

LE MARQUIS

J'en sais la suite !

LE COMTE

A part

Et moi, la fin.

LE MARQUIS

Chantant, tandis que les dames continuent à jouer.

Le roi fait à sa guise
Favorite ou nonnain ;
Il mène au lit Marquise,
L'autre au couvent prochain.
Le lit a plus de grâce.
Il faut que tout y passe,
Ainsi de main en main.

Les femmes rient. Tout à coup :

ÉGLÉ

Mais ça, depuis quand, je vous prie,
Vient-on chez les Dames ainsi ?

LE MARQUIS

A Églé

Depuis que votre pruderie...

LE DUC

A Acté

A nos respects s'est attendrie...

LE COMTE

Très fat, à Ardélise.

Et l'on sait les aîtres d'ici.

ARDÉLISE

Impertinence !

ACTÉ

Vanterie !

ÉGLÉ

Mensonges !

LE MARQUIS

Est-ce fausseté
Que par ici l'on va...

TOUTES

Chez qui?

LE MARQUIS
Très haut

Chez la beauté ?
Tout bas à Églé :
Chez vous !

ÉGLÉ

Silence!

LE DUC

Me suis-je mépris,
Croyant qu'on va par là...

TOUTES

Chez qui donc?

LE DUC
Très haut

Chez Cypris.
Tout bas à Acté
Chez toi !

ACTÉ

Prudence!

LE COMTE

A Ardélise

Je mens quand je dis
Que cette porte mène...

TOUTES

Où donc?

LE COMTE

Au paradis?

Tout bas à Ardélise :

Chez nous!

ARDÉLISE

Tendre

Cher comte!

En riant très fort :

Par bonheur, c'est pour rire!

LES AUTRES.

Et chacun dit son conte!

LE COMTE

Avec un geste vers la chambre d'Athénaïs

Dans cette chambre la Marquise loge encor,
Pas pour longtemps.

LE MARQUIS

Avec un geste vers une autre chambre

Et dans celle-ci Louisette.

LE DUC

Tel un lys d'or
Près d'une violette!

LE COMTE

Mystérieusement, vers une tapisserie, à gauche, au premier plan.

Là, c'est le petit escalier ;
Et sachez — n'allez pas surtout le publier ! —
Que, ce soir même, après la fête...

ARDÉLISE

Ce soir?

LE COMTE

Ce soir, le roi...

ACTÉ

Le roi !

LE COMTE

L'amour en tête,
Viendra...

ÉGLÉ

Par là?

LE COMTE

Par là, sans bruit,
Vêtu de mystère et de nuit,
Chez la marquise qui cesse d'être inhumaine.

LE DUC

Comment sais-tu cela?

LE COMTE

Bon! C'est moi qui le mène !

LE DUC

Voilà des tours de sa façon !

LES DAMES

C'est sûr?

LE COMTE

Très sûr! j'en ai déjà fait la chanson!

Louis, comme on rapporte,
Connaît bien le chemin;
S'il se trompe de porte,
Il le saura demain.
La maigre après la grasse.
Il faut que tout y passe,
Ainsi de main en main.

Éclats de rire. Hélys sort de la chambre de Louise.

HÉLYS

Ne riez pas près de celle qui pleure.
Elle vous entend.

ATHÉNAÏS

Devant sa porte, d'un ton de moquerie

Toujours vous fûtes bonne!

HÉLYS

Elle me fait meilleure.
Elle souffre tant.

Tout le corps languissant et l'âme déclinée,
Par quelque sortilège au malheur condamnée,

Athénaïs n'a pas contenu un frisson, baisse la tête.

Elle expire d'aimer et d'être abandonnée...
Avec son doux air enfantin
Elle semble si peu forte
Que je tremble chaque matin
De la trouver morte.
Mais elle prie, ardente, en se frappant le cœur.
Elle est humble. Duchesse, elle se vêt de laine;

Belle, elle n'aime plus sa beauté, triste fleur ;
Elle fait pénitence ainsi que Madeleine,
Et, réclamant du Ciel la force de souffrir,
Veut expier sa faute et non pas en mourir.

Laissez donc cette créature
Qui fut bonne à tous et n'eût point merci
S'en aller en paix vers la sépulture
Ou vers le cloître, tombe aussi.

ATHÉNAÏS

C'est bien dit, parlez bas. Laissons en paix les mortes,
Elle continue ardemment :
Nous, nous aurons les bals, les chasses, les escortes,
La splendeur, la beauté,
Les gloires en trophée,
Et je suis la fée
D'un monde enchanté !

LE COMTE

La Chloris du printemps !

LE MARQUIS
La Flore de l'été !

LE DUC
Fée,

LE COMTE
Ou déesse,

LE MARQUIS
Ou nymphe,

LE COMTE
Sont exquises...
Puisqu'elles sont marquises !

ARDÉLISE

Que ta robe te sied !

ATHÉNAÏS

Je te la donnerai.

ÉGLÉ

Quels bijoux sont les vôtres !

ATHÉNAÏS.

Je t'en parerai
Quand, à mon gré,
J'en aurai d'autres.

Au marquis :

Marquis, tu seras duc !

LE MARQUIS

Madame !

ATHÉNAÏS

En vérité,
Duc, par mon bon plaisir, sois prince !

LE DUC

Majesté !

ATHÉNAÏS

Quant à toi, comte, j'aurai cure
De te servir selon ton vœu
Et tu seras...

TOUS ET TOUTES

Quoi donc ?

ATHÉNAÏS.

Attends un peu...
Ma foi, comte Mercure,
Tu seras — dieu !

TOUS ET TOUTES

Ah ! Ah ! qu'elle a d'esprit !

LE COMTE

Nulle n'en a comme elle !

ATHÉNAÏS

Et tout cela parce que je suis belle !
Mais que fait-on là, Messieurs ?

Des bruits et des éclats de fête dans les jardins.

La fête royale
S'allume, brille, flambe, égale
La terre aux cieux !
Tandis que les cadences
Des danses
Pâment dans les parfums et les zéphirs badins,
L'eau sonore,
Par jets soudains,
Met des cascades d'aurore
Dans les jardins !
Et sous les nocturnes voiles
Troués par des bruits de canon
La fusée écrit avec des étoiles
Les lettres de mon nom !

Elle entraîne tout le monde vers la fête... Apparaît, sortant de sa chambre, Louise :
elle est très pâle, très languissante ; le futur habit de carmélite est déjà perceptible
dans la couleur éteinte et la simplicité de sa toilette.

LOUISE

Mesdames... de grâce...
On chantait des chansons ici...

J'en ai fait une aussi...
Pour le roi. Je ne puis — c'est ce qui m'embarrasse —
L'offrir...

A Athénaïs.

Voulez-vous bien la lui donner ?

Elle tend un papier à Athénaïs, qui le prend, étonnée.

Merci.

Athénaïs commence de lire.

Oh ! c'est très mal écrit ! Ma main, malade, tremble.
Écoutez.

Plus bas :

Puis, tous deux, vous la lirez ensemble.

Elle recule, elle récite.

« Tout se détruit, tout passe, et le cœur le plus tendre
» Ne peut d'un même objet se contenter toujours :
» Le passé n'a point eu d'éternelles amours,
» Et les siècles suivants n'en doivent point attendre.

» La constance a des lois qu'on ne veut point entendre ;
» Des désirs d'un grand Roi rien n'arrête le cours ;
» Ce qui plaît aujourd'hui déplaît en peu de jours ;
» Cette inégalité ne saurait se comprendre.

» Tous ces défauts, grand Roi, font tort à vos vertus ;
» Vous m'aimiez autrefois, mais vous ne m'aimez plus ;
» Mes sentiments, hélas ! diffèrent bien des vôtres.

» Amour, à qui je dois et mon mal et mon bien,
» Que ne lui donniez-vous un cœur comme le mien,
» Ou que n'avez-vous fait le mien comme les autres ? »

On s'étonne. Un silence presque attendri. Brusquement :

ATHÉNAÏS

Folle ! Vous croyez donc que je lui donnerai !...

Elle déchire le papier, l'éparpille, et sort, suivie des gentilshommes et des dames. Hélys
s'approche de Louise défaillante.

LOUISE

Ah! n'importe. Mon cœur fut bien plus déchiré.

Se remettant :

Puis, j'avais tort. C'était encor l'amour du monde
Qui me poussait. Hélas! qu'elle est sûre et profonde,
La griffe qui me tient tout le cœur attaché!
Bien plus que mon salut j'espère mon péché.

Forte :

Je vaincrai! Je vaincrai!

Elle tire de son corsage un petit crucifix.

Si le Ciel me seconde...

HÉLYS

Ce soir étant un soir de Mai,
L'évêque passera par cette galerie
Pour aller chez la Reine au cœur triste, qui prie
Dans l'Oratoire parfumé,
Bénir les roses de Marie.

LOUISE

Il m'entendra!

A Hélys :

Tu sais, sous une broderie
Et des franges de deuil,
Ce coffret noir et long comme un petit cercueil?
Apporte-le moi, ma chérie.

Restée seule, au Crucifix.

Doux Jésus, pour que désormais
Plus rien de tout ce que j'aimais
Ne tente
Mon âme trop peu repentante;

Pour qu'en ce corps qui tant souffrit,
Enfin devenu pur esprit,
Ne reste
Que l'amour de l'amour céleste,

Je veux t'offrir, aveux, serments,
Mes faux bonheurs, mes vains tourments;
Reliques
De mes fautes mélancoliques,

Désastres d'un printemps pâli
Dans l'automne en pleurs de l'oubli,
Accueille
Tout mon ancien cœur, feuille à feuille,
Et veuille,
O roi divin, vainqueur du Roi,
Que je sois sans regret ni doute,
Moi
Toute
Toi !

Hélys a apporté le petit coffret. Louise le prend, fait signe à Hélys de s'éloigner, pose le coffret sur la table, l'ouvre.

De vieilles fleurs, qu'il m'a données
Si fraîches !

Elle les froisse, les jette.

Ne soyez plus rien, déjà fanées!

Elle tire un bijou du coffret.

Cette broche ! il voulut, pour un bal, me l'offrir.
Hélas !

Elle la baise, va la fouler aux pieds.

Non ! elle peut meurtrir
Comme un cilice...

Elle la met dans son corsage, elle se plaint sous la piqûre.

Ah !

Extasiée :

Le mal fait du bien... Mais ce cruel délice
Vient-il du repentir,
Ou du souvenir?

Appuyant fortement sa main :

Elle pénètre ! elle darde

Sa pointe jusqu'à mon cœur...
Permets, Jésus, que je la garde
A cause de la douleur !

Elle tire des lettres du coffret.

Des lettres aux douceurs pâmées,
Des promesses d'aimer même après qu'on est morts.

Elle les brûle au flambeau.

O flamme ! fais de leur fumée
L'encens, vers Dieu, de mes remords !

Elle prend d'autres papiers.

Des vers ! qu'il m'envoyait, pour calmer mes alarmes !
Je ne les lirai plus.

Elle ne peut s'empêcher...

Hélas ! qu'ils ont de charmes.

Elle lit.

« Qui les sçaura, mes secrètes amours ?
Je me ris des soupçons, je me ris des discours.
Quoique l'on parle et que l'on cause,
Nul ne sçaura, mes secrètes amours,
Que celle qui les cause. »

Et moi je répondais d'un cœur
Frivole au roi vainqueur :

« Sire le roi, qui commandez en France
Et qui réglez la cour,
Faites des lois contre la médisance,
En faveur de l'amour.
Les médisants gâtent tout le mystère ;
C'est là votre affaire,
A vous,
C'est là votre affaire... »

*Elle sourit, elle rit, elle finit de rire en sanglotant, et, bientôt, une douceur la gagne
l'envahit toute.*

Puis on s'aimait, sans rire, au loin, tout seuls, tout bas.
Ses regards dans mes yeux et mon cœur dans ses bras,
    Je mourais de douceur, bercée,
Comme une algue de vague en vague balancée,
En un rêve infini qui ne s'éveille pas !
    Oh ! nos bonheurs dans les silences !
      Et les nonchalances
   De nos deux fronts sous mes cheveux,
Sous mes cheveux « encens faits de rêve et de vœux » !
    Oh ! les bonheurs de nos silences !

Se levant, effrayée :

Mais non, toujours, une image troubla
    Mon extase amoureuse :
      L'image de la
      Reine douloureuse !
Tout mon paradis, je le lui volais !
Soupirs, baisers, rien qui ne fut arraché d'elle.
    Les valets
   M'auraient dû chasser du palais
   Comme une servante infidele !
— Et, toujours, j'entendais la voix :

    « Il est un anathème
De qui ne pourrait pas te sauver elle-même
    La miséricorde suprême ! »

Épouvantée :

Et je voyais le soir affreux !

Comme hallucinée :

      Je le revois !
La Reine vers le ciel a déclos la fenêtre...
    Celle-ci, peut-être !...
   Elle offre au divin Maître
Les mérites saignants de son bonheur détruit...
   — Oh ! que mon bonheur saigna dans la nuit ! —

Elle se penche...
Elle est toute blanche...

Louise, machinalement, a poussé les battants de la fenêtre.

Elle nous reconnaît...

Louise pousse un grand cri.

Ciel ! Je les reconnais !
Athénaïs ! le roi ! Comme la reine
Nous a vus, je les vois. — Comme tu me tenais
Tu la tiens ! — Il la prend ! l'entraîne !
Et la lueur ne peut les désunir...

Désespérément :

Oh ! que la reine
A dû souffrir !

Après un accablement

Mais je souffre autant qu'elle !

Dans une espérance :

O ciel juste ! est-ce un signe
Que d'être tienne enfin tu vas me juger digne !

HÉLYS

Voici par l'escalier d'honneur
Que l'évêque vient !

L'évêque suit la galerie. — Louise se précipite vers lui.

LOUISE

Monseigneur !
J'ai détesté la vaine joie
Par qui l'enfer nous fait sa proie !
Mérité-je enfin le pardon ?

L'ÉVÊQUE

Non.

LOUISE

J'ai fait saigner sous les cilices
Ma chair amollie aux délices !
Mérité-je enfin le pardon ?

L'ÉVÊQUE

Non.

LOUISE

J'ai purifié dans les flammes,
Le tendre péché de deux âmes !
Mérité-je enfin le pardon ?

L'ÉVÊQUE

Non.

LOUISE

L'offense que je fis à la sainte royale
Je viens de l'expier par une angoisse égale !

L'ÉVÊQUE

Malheureuse ! Oses-tu
Comparer les tourments équitables du crime
A la pure et sublime
Douleur de la vertu ?

LOUISE

Accordez-moi la pénitence !

L'ÉVÊQUE

Le cloître est une récompense.

LOUISE

Quoi ! N'aurai-je point de pardon !

L'ÉVÊQUE

Non.

Il s'éloigne. Louise redescend, chancelante, s'abat sur la table.

LOUISE

Que faut-il donc subir pour que Dieu s'attendrisse ?

Long silence.

HÉLYS

Athénaïs revient ! le roi la suit.

Elle veut emmener Louise.

Rentrez.

LOUISE

Non. Je reste.

Elle ordonne à Hélys de sortir. Seule :

Seigneur des martyrs torturés,
M'envoyez-vous enfin la douleur rédemptrice ?

Elle se tient à l'écart pendant qu'entre vivement Athénaïs suivie des Dames.

ATHÉNAÏS

En un gai tumulte

Vite ! vite ! un miroir !

Elle s'assied devant la table, à droite.

Le vent,
La danse, la joie,
Ça décoiffe.

A Acté qui lui arrange les cheveux :

Plus en avant
Cette boucle !

Elle repousse un peu les dames :

Que je me voie !
Oui, belle.

ÉGLÉ

En la parant

Les gens ébahis
Ont dit quand vous êtes entrée :
« Est-ce Vénus Athénaïs
Ou la marquise Cythèrée? »

ATHÉNAÏS

Et le roi! qu'il était charmant !

ACTÉ

On eût dit Apollon lui-même !

ATHÉNAÏS

Des épingles! Et comme il m'aime!
Rattache cette fleur. Gageons qu'en ce moment
Il se hâte...

Avec un petit cri.

Tu m'as piquée !

ÉGLÉ

Étourdiment!

Pardon !

Louise s'approche.

LOUISE

Madame, on me dit fort adroite.
Si vous permettez...

ATHÉNAÏS

Stupéfaite

Vous !

LOUISE

En lui arrangeant sa coiffure

Vos cheveux sont captifs d'une frisure étroite.
Il faut l'éparpiller. Sous de légers flouflous
Vos yeux seront plus doux.

Lui offrant un miroir à main :

Tenez, regardez.

ATHÉNAÏS.

Comment! vous!

LOUISE

Il faudrait, là, parmi cette touffe mignarde,
Une broche!...

Tout à coup :

La mienne!

Elle la tire de son corsage.

Oh! vous la voulez bien?
Elle vous paraît rose aux pointes? Ce n'est rien.
C'est d'un peu de mon sang. N'y prenez donc pas garde.

ATHÉNAÏS.

Toi, Louise, toi!

LOUISE

Achevant son office de camériste

Je n'eus jamais un cœur rebelle,
Et ce m'est une douce loi
De vous faire belle
Pour le bonheur du roi.

ÉGLÉ

Près du petit escalier, au fond à droite

Il vient!

LOUISE

Il vient!

ATHÉNAÏS

Très vite, aux Dames

Rentrez !

Montrant la fenêtre :

Fermez !

Montrant les flambeaux

Soufflez la cire !

Elles obéissent, se retirent. Vers Louise, dans la salle obscure :

Merci, petite.

LOUISE

Hélas ! de rien.

Athénaïs disparaît dans sa chambre pendant que Louise se dirige vers la sienne, mais n'y entre pas. Sous une tenture soulevée apparaît le roi que mène le comte.

LE COMTE

A voix basse

Bonne nuit, Sire !

Il se retire. Le roi avance dans l'ombre, à tâtons.

LE ROI

Je n'y vois pas du tout. Triple sot qui voila
La fenêtre.

S'avançant :

Cherchons.

En souriant :

Dans mon incertitude,
Je pourrais bien, par habitude...

Il heurte un meuble.

Voici la table... alors...

Il va vers la chambre de Louise.

LOUISE

Non, ce n'est plus par là,
Sire.

LE ROI

Est-ce vous, marquise! Ah! que je vous adore!
C'est bien vous, puisque l'ombre est plus claire et se dore.
Quoi! vous tremblez!

LOUISE

Je ne suis pas Athénaïs...

A part.

ni l'autre.

LE ROI

Qui donc êtes-vous?

LOUISE

Je suis
Sa servante et la vôtre.
Je vous attendais, et je vous conduis.

Elle le prend par la main et le mène vers la chambre de sa rivale.

Venez.

LE ROI

C'est un aimable zèle.
Merci, mademoiselle.
Pourtant, je veux savoir...

LOUISE

Non.

LE ROI

De grâce!

LOUISE

A quoi bon?

LE ROI

L'attirant devant la fenêtre

Je veux, sous ce rayon...

Il la voit.

Louise !

LOUISE

Pour votre nuit d'amour j'ai paré la marquise !

LE ROI

Honteux, ému, presque sincère

Pardon ! pardon ! pardon !
Je suis très coupable ! je blesse
Ton pur amour et ta faiblesse.
Pourtant je t'aime encor...

LOUISE

Très grande

C'est une indignité !

En un geste vers la porte de la marquise :

Et je vous chasse dans votre infidélité.

Le roi hésite, recule sous le geste de Louise, disparaît. — Après un silence plein de sanglots contenus, Louise tombe à genoux ; et, les bras au ciel :

Oh ! le repos en Dieu, l'ai-je enfin mérité ?

Le rideau baisse.

Fin du quatrième Tableau.

ACTE QUATRIÈME

Cinquième Tableau.

L'église d'un couvent de Carmélites. Au fond, à droite, une très haute et très large grille, derrière laquelle les carmélites sont assises, levant des cierges allumés.

Louise se tient debout, entre elles, les mains jointes et priant.

L'assemblée, dans la nef, est formée de toutes les dames, de toutes les demoiselles et de tous les gentilshommes de la Cour. Athénaïs est au premier rang. — On entend la voix de l'évêque; on ne le voit pas. — Au premier plan, à droite, cachée à demi par la balustrade du chœur, une femme voilée, en deuil, prie, à deux genoux.

L'ÉVÊQUE
invisible

« ... Cependant chrétiens, chrétiennes, le plus grand miracle, ce n'est pas le renoncement de celle à qui le monde réservait encore tant d'orgueil et de joies. Mais c'est la Divine Miséricorde, si extraordinaire, si imprévue, que, à cause de l'énormité de l'offense, personne ne l'aurait crue possible, même au Dieu tout-puissant ! Et c'est encore, c'est surtout le choix de la souffrance par lequel il a plu à la bonté de la justice de se manifester en cette pécheresse.

Mystère déconcertant à la fois, et infiniment touchant! Vous avez trouvé, ma fille, en un péché pareil au vôtre le rachat de votre propre péché; et en même temps que son pouvoir quant aux choses sacrées et éternelles, s'est montrée, ici, ce qu'on pourrait appeler la familiarité de Dieu dans les choses humaines et passagères. Et voici que maintenant nous pouvons humblement espérer le pardon de nos offenses des prières de celle qui semblait indigne de pardon...

Après un long silence agenouillé, l'évêque et son diacre apparaissent devant l'autel. — Ils prient. — Bientôt, de l'intérieur du cloître, viennent la prieure et la sous-prieure. Elles mènent Louise; celle-ci s'agenouille devant l'autel; l'évêque la bénit; il consacre le voile que tient la prieure. Quand des mains de la prieure, Louise a reçu le voile, elle se prosterne devant l'autel, sur les dalles, au milieu d'un cercle de fleurs qui semble un ornement de tombe. La prieure la couvre toute d'un long drap de bure. Alors c'est le *de profundis* chanté, sourdement, par toutes les carmélites, — et des voix de femmes, plus lointaines. Et c'est la Mort au Monde[1]. Mais, tout à coup, Louise se redresse, se montre rayonnante de joie sous le voile noir, et chante glorieusement. C'est la résurrection en Dieu.

LOUISE

Épousailles! Salut! Gloire! Éternelle vie!

> Dieu de grâce et de charité!
> Hors de ma triste indignité
> Vous m'avez toute à vous ravie.
> J'étais l'âme au mal asservie,
> Mais vous n'avez pas rejeté
> Ce cœur pareil au fruit gâté.
> Vous m'avez jusqu'à vous ravie,
> Et je suis par votre bonté,
> Moi, toute ombre, toute clarté!

Épousailles! Salut! Gloire! Éternelle vie!

La Prieure, l'évêque, toutes les carmélites reprennent solennellement et ardemment ce cantique de joie, qui s'achève en une immobilité et en un silence d'extase. Bientôt, ceux de la Cour sortent de l'église, lentement; ils sont humbles, ils se dérobent presque. Restées derrière la grille, les carmélites, que Louise rejoindra, s'éloignent à leur tour, rentrent dans le cloître. Mais l'évêque s'approche de la nouvelle Épouse.

1. Voir, à la fin de l'ouvrage, le cérémonial de la Prise de Voile.

L'ÉVÊQUE

Rien ne vous manque-t-il de ce qui fut le monde?

LOUISE

Se peut-il sans péché que mon cœur vous réponde?

L'ÉVÊQUE

Parlez.

LOUISE

Vous savez bien qu'il me manque un pardon.

L'ÉVÊQUE

Vous l'aurez! Dieu vous aime, et vous doit tout le don.

Il montre à Louise la femme voilée, en prière, à côté de l'autel. Celle-ci se lève marche lentement vers Louise qui s'étonne.

LA FEMME VOILÉE

Puisqu'en de pareilles alarmes,
Et saignant des mêmes douleurs,
Vous avez souffert mes malheurs,
Sœur Louise, et pleuré mes larmes...

Elle se dévoile.

Je vous pardonne!

LOUISE

Tombant à genoux

Reine!

LA REINE

Hélas! reine sans roi!...

Elle se penche.

Toi qui l'aimas comme je l'aime, embrasse-moi!

Elles se tiennent longtemps embrassées. « Alleluia! Alleluia! » chantent dans le cloître les carmélites disparues.

LES CARMÉLITES

Mystérieusement, très loin, chantent encore

Épousailles! Salut! Gloire! Éternelle vie!

Mais l'évêque a fait un signe, la Reine et Louise se séparent. Louise s'éloigne; elle reparaîtra, un instant, derrière la grille.

L'ÉVÊQUE

A la Reine

Vous la plaignez?

LA REINE

Non! Je l'envie!

Et, lentement, elle s'écarte de l'autel, traverse l'église, sort, retourne douloureusement dans le monde. En même temps, aperçue à travers la grille, Louise entre dans le cloître, referme la porte qui, à jamais, la sépare de la vie. L'évêque s'éloigne derrière l'autel. Tout est désert. — Le rideau baisse.

Fin du cinquième et dernier tableau.

LA PRISE DE VOILE

CÉRÉMONIAL

LE SERMON

Les Carmélites sont assemblées dans la partie du chœur qui leur est réservée et qui est séparée de l'autel par une grille de fer « enclouée et maçonnée dans le mur ». Elles sont assises, tenant leurs cierges à la main. Louise est à genoux sur un prie-Dieu, face à l'autel.

L'Évêque parle invisible.

L'assistance remplit l'église. Les femmes sont assises dans les bancs. Les hommes debout dans le fond et sur le côté.

APRÈS LE SERMON

L'Évêque paraît. Il a sa chasuble. Il gravit les marches de l'autel, s'incline et baise la nappe d'autel.

Un diacre gravit derrière lui les marches de l'autel, du côté de l'Épître où se trouve le bassin d'argent qui renferme le voile.

Il présente le bassin d'argent à l'Évêque qui le bénit. Un autre diacre lui présente le goupillon avec lequel il asperge le voile.

La Prieure et la Sous-Prieure des Carmélites font signe à Louise de se lever et sortent avec elle, levant les cierges, pour venir se placer dans le chœur face à l'autel.

La Sous-Prieure débarrasse Louise de son cierge et le porte au fond.

La Prieure conduit Louise jusqu'aux marches de l'autel.

Louise s'agenouille, baissant la tête.

L'Évêque la bénit, prend le voile que lui présente le diacre et le pose sur la tête de Louise en sorte qu'il lui « couvre la face », en disant : « accipe velum ».

La Prieure, débarrassée de son cierge par la Sous-Prieure, accommode et attache le voile sur la tête de Louise, puis elle reprend

son cierge et, faisant le tour du chœur, s'en va prendre d'un bout
le drap mortuaire que la Sous-Prieure tient de l'autre bout.

Louise se prosterne sur le tapis, les bras en croix, et la Prieure
et la Sous-Prieure la recouvrent du drap et se mettent à genoux.

Les Carmélites, à ce moment, entonnent le *De Profundis*.

L'Évêque prie sur la sœur prosternée et l'asperge. La Prieure fait
de même.

Vers le milieu des chants, la Prieure et la Sous-Prieure décou-
vrent Louise ; la Prieure, s'approchant du côté de la tête de Louise,
touche ses habits, la fait lever et la mène à l'autel que Louise baise
à genoux, les mains jointes.

Elle se lève ensuite, face à l'assistance, et chante : « Épousailles, etc. »

L'assistance, qui s'était agenouillée au moment du *De Profundis*,
se lève avec Louise.

Louise descend les marches de l'autel, reçue par la Prieure dont
elle baise la main.

La Sous-Prieure reprend le cierge de Louise et le lui offre.

L'Évêque bénit l'assistance qui se retire et les Carmélites qui
s'éloignent aussi.

IMPRIMERIE CHAIX, RUE BERGÈRE, 20, PARIS. — 21784-8-02. — (Encre Lorilleux).

En vente AU MÉNESTREL, 2 *bis*, rue Vivienne

HEUGEL & Cⁱᵉ, ÉDITEURS

LA CARMÉLITE

COMÉDIE MUSICALE EN QUATRE ACTES ET CINQ TABLEAUX

DE

M. CATULLE MENDÈS

MUSIQUE DE

REYNALDO HAHN

Partition piano et chant. . . . . **Prix net : 20 francs**

S'adresser également à MM. HEUGEL et Cⁱᵉ pour la partition et les parties d'orchestre,
les parties de chœurs,
la mise en scène, les dessins des costumes et des décors.

CHEZ LES MÊMES ÉDITEURS :

Les opéras, oratorios, etc. : *Aben-Hamet, Alceste, l'Ami Fritz, l'Amour africain, l'Amour aux Enfers, André Chénier, le Baiser de Suzon, le Bal masqué, le Baptême de Clovis, le Barbier de Séville, Beaucoup de bruit pour rien. Biblis, Bréceliande, le Caïd, Cavalleria rusticana, Cendrillon, le Cid, la Clé d'Or, Daphné, le Démon, le Désrt, le Déserteur, les Deux Billets, les Deux Journées, Dona Branca, Don César de Bazan, Don Juan, Eros, Esclarmonde, Ève, la Fête d'Alexandre, la Fiancée de Corinthe, la Fiancée de la Mer, Fidelio, le Flibustier, la Flûte enchantée, Françoise de Rimini, Griselidis, la Guzla de l'Emir, Hamlet, Herodiade, l'Hôte, Hylas, l'Ile du Rêve, Jean Nivelle, Jean de Paris, Jerusalem, le Jongleur de Notre-Dame, Joseph, Judas Macchabée, Kassya, Lakmé, Lauriane, Léonora, Lola, Louise, le Mage, Maître Ambros, Manon, Marie Magdeleine, Ma Tante Aurore, le Messie Mignon, Narcisse, la Navarraise, Néron, Noël ou le Mystèredela Nativité, Notre-Dame de la Mer, l'Oie du Caire, Othello, Orphée, le Panier fleuri, le Passant, Paul et Virginie, la Perle du Brésil, Pierrot Fantôme, le Portrait de Manon, Princesse d'Auberge, Psyché, Rebecca, Redemption, Richard Cœur de Lion, le Roi de Lahore, le roi d'Ys, le Roi l'a dit, Ryth, le Sabbat pour rire, Sainte Agnès, Sainte Geneviève de Paris, le Saïs, les Saisons, Sapho, Sémiramis, les sept paroles du Christ, Sigurd, le Songe d'une Nuit d'été, Suzanne, le Tasse, la Terre promise, Thaïs, Thyl Uylenspiegel, le Trésor, la Vierge, Werther, Xavière, etc., etc.*

Les ballets et pantomines : *Bacchus, le Carillon, Cigale, Coppélia, le Cygne, la Danseuse de corde, Doctoresse, l'Ecole des Vierges, la Farandole, Faust, Fleur des Neiges, la Korrigane, Lysic, Milenka, les Petits violons du Roy, Pierrot assassin, Pierrot surpris, le Rêve, la Révérence, la Source, la Statue du Commandeur, Sylvia, la Tempête, la Vigne, Viviane, Yedda, etc., etc.*

Les opérettes : *Adam et Ève, Apothicaire et Perruquier, un Baiser en diligence, Barbe-Bleue, la Belle Hélène, la Bonne d'enfants, le Bossu, Changement de garnison, la Chanson de Fortunio, les Charbonniers, le Château d Toto, la Chute métamorphosée en femme, M. Choufleuri, Croquefer, Croquignole XXXVI, la Demoiselle de Belleville, la Demoiselle en loterie, les Demoiselles des Saint-Cyriens, le Docteur Rose, les Douze Femmes de Japhet, Dragonette, les Fêtards, le Fétiche, le Fiancé de Thylda, le Fifre enchanté, le Financier et le Savetier, Geneviève de Brabant, Jeanne qui pleure et Jean qui rit, Mam'zelle Gavroche, Mam'zelle Nitouche, le Mariage aux lanternes, un Mari à la porte, le Mari sans le savoir, un Modèle, Monsieur et Madame Denis, Ninetta, l'Omelette à la Follembuche, Orphée aux Enfers, le Papa de Francine, la Permission de dix heures, le Petit Faust, les Petites Barnett, les Petits Prodiges, le Pont des Soupirs, la Princesse, la Quenouille de verre, la Reine Indigo, le Retour d'Ulysse, Samsonnet, Shakspeare, un Soir d'orage, le 66, Six demoiselles d marier, le Sosie, les Trois baisers du Diable, les Turcs, la Tzigane, le Valet de Chambre de Madame, la Veilleuse, la Vocation de Marius, le Voyage de MM. Dunanan père et fils, etc., etc.*

IMPRIMERIE CHAIX, RUE BERGERE, 20, PARIS. — 21786-8-02. — (Encre Lorilleux).

www.ingramcontent.com/pod-product-compliance
Lightning Source LLC
Chambersburg PA
CBHW060841250626
47162CB00005B/2129